ARLEQUIN, PORTIER,

COMÉDIE-PARADE

EN UN ACTE,

MÊLÉE DE VAUDEVILLES.

Par PHILIBERT et MARTY.

Représentée pour la première fois, à Paris, sur le Théâtre des Troubadours, le 24 brumaire an 9.

A PARIS,

Chez R o u x, Libraire, Palais du Tribunat, galerie du Théâtre - Français.

AN IX. — 1800.

PERSONNAGES.

	Artistes
ARLEQUIN, portier de M. Cassandre.	BOSQUIER-GAVAUDAN.
CASSANDRE, négociant.	DELPECH.
GILLES, premier commis associé de M. Cassandre.	ARMAND.
COLOMBINE, fille de M. Cassandre.	Mademoiselle AUGER.
Un NOTAIRE.	DUCOUDRAI.

La Scène est à Paris, chez M. Cassandre.

COUPLET D'ANNONCE.

Air de la Clef forée.

Ce soir on verrait Arlequin
Avec succès jouer ce rôle,
Si quelque temps du bon Carlin
Il eût pu fréquenter l'école;
Seul, il n'est pas son héritier,
Sur lui son frère aîné l'emporte;
Mais il est devenu portier
Afin d'approcher de *la porte.*

ARLEQUIN PORTIER.

Le Théâtre représente l'intérieur d'une maison : à droite est la loge d'Arlequin , portier ; on aperçoit une partie de la rampe de l'escalier ; et devant la croisée de la loge se trouve un banc.

SCÈNE PREMIÈRE.

ARLEQUIN, *seul.*

(Il a un balai à la main , et s'en sert un instant.)

Air : *Au coin du feu.*

De bon matin, l'ouvrage
A me lever m'engage,
   De bon matin.
On est leste à mon âge ;
Je fais tout mon ouvrage
   De bon matin. (*ter.*)

Plus j'examine ma position, plus je réfléchis sur l'instabilité des choses de ce monde. Tout jeune que je suis, combien d'états, de courses il m'a fallu faire.

Air : *Vaudeville de l'Opéra comique.*

D'abord à la cour du Sultan
Je courus chercher Colombine,
Et je revins toujours courant
Pour attraper ma Colombine.
Depuis, pour les mêmes raisons,
Des fous je grossis la cohorte ;
J'étais aux Petites-Maisons,
On m'a mis à la porte.

A

Et à quelle porte encore ; à celle de M. Cassandre, qui est méchant comme tous les Cassandre, avare comme tous les Cassandre. J'étais autrefois chez lui sur un autre pied ; mais depuis que le vieux malotru a joint à tous ses défauts le métier d'usurier, il me préfère Gilles. Ah ! si je n'avais pour me consoler le cœur de ma Colombine. Elle est bien aimable, ma Colombine ; elle m'a promis de venir déjeûner avec moi dès que, selon sa coutume, M. Cassandre sera sorti..... Mais je crois entendre Gilles, il est bavard, cachons-nous ; j'en tirerai peut-être quelques éclaircissemens.

SCÈNE II.

ARLEQUIN sur la rampe, GILLES.

GILLES regardant dans la loge.

Personne..... Arlequin est à son ouvrage. Il paraît que l'on n'a pas encore apporté les journaux de M. Cassandre ; il veut les lire avant de sortir. je vais attendre un moment.

ARLEQUIN, bas.

Je te le conseille.

GILLES.

Une chose que je ne puis concevoir, c'est qu'Arlequin, jadis si fier, ait pu se contenter d'un modique emploi de portier. Il est vrai que l'attachement que l'on a pour son maître, ou plutôt pour sa maîtresse, nous engage à bien des sacrifices. Arlequin était riche autrefois ; il était bien venu partout ; homme de confiance du père, maître de

musique, etc. etc. etc. de la fille..... A présent.....
portier.

Air : *Mes bons amis.*

On lui laissait,
Et c'était très-mal fait,
Le soin d'instruire Colombine ;
Il lui montrait
Les choses qu'il savait,
Comme aisément chacun devine ;
Mais le père, un beau jour,
Vit qu'il parlait d'amour
A son écolière charmante,

(*Montrant la loge.*)

Et c'est là qu'il mit Arlequin ;
Craignant, qu'aidé du dieu malin,
Il ne la rendît trop savante.

ARLEQUIN.

Elle ne court pas ce danger-là avec toi.

GILLES.

Au reste, mes affaires sont en bon train ; M. Cassandre
doit passer chez le notaire. Je me marie.

ARLEQUIN.

Cela n'est pas fini.

GILLES.

Est-ce bien calculer, se marier ? un Gilles! En vérité plus
le moment approche, moins je suis décidé. J'ai là dessus
ma petite érudition.

Air : *Il n'en est pas de généreux.*

Un savant qu'on cite toujours
Nous peint les douceurs du ménage,
Et dit : pour couler d'heureux jours
Il faut user du mariage.
Un autre aussi savant disait :

A R L E Q U I N,

De se marier c'est folie,
Et pour bien faire l'on devrait
Y réfléchir..... toute sa vie.

A R L E Q U I N, *à part.*

Je suis bien aise de connaître tes desseins. (*Il descend.*)
Bonjour, Gilles.

G I L L E S.

Ah! te voila : je viens chercher les lettres et les journaux de M. Cassandre.

A R L E Q U I N.

Les voici. Mais dis-moi : M. Cassandre lit-il tout
cela ?

G I L L E S.

Non. Il ne fait que les parcourir.

A R L E Q U I N.

Ah! je le crois.

Air : *Quand tout échappe à l'amitié.*

Tel on voit un amant trompeur
Faire la cour à plusieurs belles,
Feindre le langage du cœur,
Et l'écrire à chacune d'elles;
Dans les lettres qu'il en reçoit,
Chacune jure être constante;
Tels sont les journaux que l'on voit,
En lire un.... c'est en lire trente.

G I L L E S.

Tiens, c'est drôle ; on dirait que ton portrait est au
frontispice de celui-ci.

A R L E Q U I N.

Mon portrait : c'est du moins celui de quelqu'un de
la famille. Voyons le titre.

PORTIER.

Air : *Que j'aime mon cher Arlequin.*

Quoi! l'Arlequin, journal nouveau,

GILLES.

Comme les autres,

ARLEQUIN.

Donnera du piquant, du beau,

GILLES.

Comme les autres ;

ARLEQUIN.

Il offrira charmans rondeaux,
Des romances, des madrigaux,

GILLES.

Comme font tous les autres ;

ARLEQUIN.

Il est de pièces, de morceaux,

GILLES.

Comme sont tous les autres.

Au reste, ce n'est pas à nous à critiquer tout cela ;
dans ce moment-ci il faut fermer les yeux sur bien des
choses.

ARLEQUIN.

Air : *Souvent la nuit.*

Je les ferme la nuit entière ;
Du juste le sommeil est doux.
Mais j'ai rêvé la nuit dernière
Que d'amant j'allais être époux ;
Alors je couronnais de roses
Celle qui m'allait rendre heureux.
Tu vois bien qu'en fermant les yeux
On peut encor voir bien des choses.

A 3

ARLEQUIN,

GILLES, *avec ironie.*

Quel dommage que ce ne soit qu'un rêve ; mais je te quitte ; M. Cassandre pourrait s'impatienter.

ARLEQUIN.

Adieu monsieur Gilles.

SCÊNE III.

ARLEQUIN, *seul.*

ALLONS, maintenant songeons à nous préparer pour recevoir ma Colombine, et commençons par ma toilette ; elle ne sera pas longue, je porte sur moi toute ma garde-robe.

Air : *La comédie est un miroir.*
Je vais dans mon petit endroit
Faire un petit brin de toilette ;
Plusieurs disent un petit doigt,
Et font leur toilette complette :
Tels sont les amans en amour ;
Guidés par leur ardeur sincère,
Ils font un petit doigt de cour
Qui dure une journée entière.

(*Il va chercher dans sa loge un miroir, devant lequel il fait plusieurs lazzis.*)

SCÈNE IV.

ARLEQUIN, CASSANDRE.

CASSANDRE.

COMMENT donc! l'ouvrage est déjà fini ; c'est fort bien ; il faut être exact.

ARLEQUIN.

J'espère que vous n'avez pas à vous plaindre de moi.

CASSANDRE.

Non; mais il faut redoubler de zèle, d'exactitude: il y a tant de fripons dans ce temps-ci ! il faut être prudent.

ARLEQUIN.

Air : *Trouver le bonheur en famille.*

Permettez que je dise un mot
Sur l'excès de votre prudence :
Lorsque l'on est prudent par trop
On commet plus d'une imprudence.
D'hommes fourbes et malfaisans,
Je conviens que la foule abonde;
Mais faut-il pour quelques méchans
Se défier de tout le monde?

CASSANDRE.

Il ne faut pas te fâcher.

ARLEQUIN.

Moi? M. Cassandre. Je fais tranquillement ma petite besogne.

CASSANDRE.

Tu la fais bien, et tu ne te vantes pas.

ARLEQUIN.

Il y a bien assez de gens qui se vantent sans moi.

Air *de la Clef forcée.*

Le fripon vante son honneur,
L'ignorant vante son génie,
Le poltron vante sa valeur,
Le glorieux sa modestie,
L'avare se dit généreux,
Le riche parle d'indigence,
Tandis que l'homme vertueux
Est pauvre et garde le silence.

A 4

ARLEQUIN,

CASSANDRE.

Je vais sortir.

ARLEQUIN.

Vous allez sortir?

CASSANDRE.

Pendant mon absence

Air *des Portraits à la mode.*

Qu'on entre, ou qu'on sorte, examine bien,
Prends garde surtout qu'on n'emporte rien ;
Montre-toi digne d'être le gardien. . . . .

ARLEQUIN.

Je suivrai toujours une méthode :
Si quelqu'un vient apporter de l'argent,
Montez, monsieur, dirai-je poliment;
Mais aux créanciers, je dirai,

CASSANDRE.

Comment ?

ARLEQUIN.

Comme les portiers à la mode.

CASSANDRE.

C'est très-bien.

SCÈNE V.

ARLEQUIN, *seul.*

Sangodémi ! le voilà parti. Voilà donc l'heureux moment où je dois revoir ma Colombine. Je ne me sens pas d'aise.

C'est par ici qu'elle descendra : c'est là qu'elle se reposera. J'ai fait hier provision de fleurs ; si j'en plaçais quelques-unes sur son passage, cela lui prouvera combien j'aime à m'occuper d'elle. Ce qui me fâche, c'est que j'ai beau faire pour arranger ma petite loge, je ne la trouve jamais digne de ma bonne amie.

Air : *Il faut des Epoux.*

Quand je suis seul mon logement
N'a rien du tout qui m'intéresse;
Mais qu'il devient intéressant,
Lorsque je reçois ma maîtresse!
Pour moi tous les lieux sont charmans
Quand ma Colombine est présente;
Mais tous les plaisirs sont absens
Quand ma Colombine est absente.

Ah! je l'entends.

SCÈNE VI.

COLOMBINE, ARLEQUIN.

ARLEQUIN.

Bonjour, ma bonne amie, ma chère Colombine.

COLOMBINE.

Bonjour, mon cher Arlequin, mon petit bon ami.

ARLEQUIN.

Que je suis aise de te voir; mais que je suis fâché de te recevoir dans un lieu si peu digne de toi.

COLOMBINE.

Plut au ciel que mon père me permît d'y passer mes jours avec toi.

ARLEQUIN.

Quoi! tu quitterais une maison où tu vis dans l'aisance; tu renoncerais à la fortune, au bonheur....

ARLEQUIN,

COLOMBINE.

Au bonheur!

Air : *On peut encor malgré l'envie.*

Quand, séparé de ton amie,
Tu ne peux goûter de repos,
Je fais le bonheur de ma vie
De pouvoir partager tes maux.
Tu sais bien que la tourterelle
Ne peut vivre sans son amant :
Je l'ai prise pour mon modèle,
Juge si mon cœur est constant.

ARLEQUIN.

Cela s'appelle parler, ma bonne amie. Tu n'es pas intéressée comme M. Cassandre. Allons, ma petite Colombine, il faut bien profiter du temps que nous avons à passer ensemble. Je suis disposé à t'offrir un petit déjeûner.

COLOMBINE.

Tu sais bien que je ne puis jamais rien te refuser. Mais crois-tu mon père absent pour long-temps?

ARLEQUIN.

Sans doute ; il est sorti pour affaire.

COLOMBINE.

Je tremble de le voir revenir.

ARLEQUIN.

Rassure-toi, il n'y a rien à craindre ; je vais faire ma petite provision ; c'est l'affaire d'un moment. Fais-moi le plaisir de prendre un instant ma place ; mes fonctions ne sont pas difficiles à remplir. (*Il fait le signe de tirer le cordon.*) Il ne s'agit que de.... et de répondre à ceux qui se présenteront, qu'il n'y a personne.

COLOMBINE.

Dépêche-toi.

ARLEQUIN.

Si tu as peur de t'ennuyer, prends dans ma petite bibliothèque un volume de Florian.

COLOMBINE.

L'aimable auteur! il m'intéresse toujours.

ARLEQUIN.

Et moi, ma bonne amie, je l'aime d'abord parce qu'il est charmant, ensuite parce qu'il mérite toute ma reconnaissance.

Air *des deux Jumeaux.*

On sait que ma famille entière
Dut ses succès à ses travaux ;
Il fit, quoique célibataire,
Un bon ménage et *deux jumeaux.*
Si, par une affreuse bourasque,
Florian fut mis au cerceuil,
Je crois qu'Arlequin, sur son masque,
En portera long-temps le deuil.

COLOMBINE.

Reviens le plus promptement possible : si mon père allait rentrer.

ARLEQUIN.

Tu sais bien qu'il est très-long, M. Cassandre, et je sais qu'aujourd'hui il a beaucoup d'affaires. Adieu ma bonne amie.

S C È N E   V I I.

C O L O M B I N E, *seule.*

Qu'il est gentil ! qu'il est aimable mon petit Arlequin ! Il ferait le bonheur de sa Colombine... Mais, mon père..... Maudit amour que de peines tu nous causes !

Air : *Jeunes filles qu'on marie.*

D'amour le doux esclavage
Nous semble un bien charmant ;
Mais fillette qu'il engage
Doit craindre plus d'un tourment.
Un jeune amant sait vous plaire,
Vous croyez son cœur sincère ;
Vous lui donnez votre amour ;
Mais votre père un beau jour
De vous dispose à son tour,
Tendre amour alors doit se taire.
On le lui dit ; mais hélas !
Fillette n'obéit pas.
Quand notre amour est extrême,
On ne craint plus de danger ;
Rien ne peut faire changer
Dès que le cœur a dit : J'aime.
Quand c'est lui qui nous conduit,
On le croit un guide sage ;
Du plaisir la douce image
Nous charme et nous séduit ;
Mais la raison dit :
D'amour le doux esclavage, etc. etc. etc.

Si mon père rendait plus de justice à mon Arlequin, il le préférerait à cet imbécille de Gilles, qui lui fait chaque jour de nouvelles sottises. (*On frappe.*) On frappe... Je tremble que ce ne soit mon père; où me cacher?... Dans la loge; il montera sans m'apercevoir.

SCÈNE VIII.

COLOMBINE, *dans la loge*, CASSANDRE.

CASSANDRE.

QUELLE étourderie j'ai faite! Il est vrai que j'ai tant d'affaires. Je sors pour un paiement et j'oublie l'un des sacs. C'est qu'avec une pareille obligation il ne faut pas badiner. (*Il lit.*) L'intérêt de ladite somme sera payé à heure et jour fixes, faute de quoi, l'intérêt du mois commencé..... Ne perdons pas une seule minute. (*haut.*) Arlequin, fais-moi le plaisir de m'aller chercher un sac qui est sur mon bureau. Eh bien! m'entends-tu? (*Il regarde dans la loge.*) Que vois-je! Ma fille, que faites-vous ici?

COLOMBINE.

Mon père .....

CASSANDRE.

Eh bien!

COLOMBINE.

C'est que....

CASSANDRE.

C'est que.... Vous allez mentir pour vous justifier. Au reste, je n'ai pas le temps d'éclaircir tout ceci, une affaire pressante m'appelle ; mais je vais m'assurer de votre personne.

Air du procès.

Je gage qu'en mon absence
Vous tramiez quelques complots ;
Grâce à mon inadvertance,
J'arrive fort à propos.
Il paraît que de portière
Vous adoptez le métier.

Ce sera une économie de plus.

Vous faites bien mon affaire,
Je renverrai le portier.

COLOMBINE.

Mon père, je vous prie de croire....

CASSANDRE.

Plaît-il, mademoiselle. (*Il aperçoit les fleurs.*) Je reconnais encore là ce fripon d'Arlequin.

COLOMBINE.

Mon père....

CASSANDRE.

Air : Vaudeville des Visitandines.

Mon âge et mon expérience
M'ont rendu parfait connaisseur ;
Et dans plus d'une circonstance
J'ai surpris le secret d'un cœur.
Aux amans tout paraît facile
Quand il s'agit de leur bonheur,
Et pour ne cueillir qu'une fleur
Ils savent en prodiguer mille.

COLOMBINE.

Mais daignez au moins m'entendre.

CASSANDRE.

Non. Vous aimez cette loge, et bien vous y resterez. Gilles ? Gilles ? apporte-moi un sac cacheté, que tu trouveras dans mon cabinet. Je suis sûr que l'on m'attend, et mon intérêt me porte à ne pas manquer.

SCÈNE IX.

Les mêmes, G I L L E S.

GILLES, donnant le sac.

LE voici.

CASSANDRE, avec précipitation.

Je te remercie, mon ami. Prends bien garde que personne n'entre chez moi ; je sors pour mes intérêts et pour les tiens ; fais sentinelle ici pour qu'Arlequin ne puisse pas parler à Colombine.

GILLES.

Mais, où donc est-elle Colombine ?

CASSANDRE, montrant la loge.

Là. (Il dit à sa fille, d'un air moqueur,) Tirez le cordon. Comment donc ! vous vous en acquittez à merveille. (Il sort.)

SCÈNE X.

GILLES, COLOMBINE, dans la loge.

GILLES.

TIENS, c'est drôle cela ! Arlequin qui ne sort jamais est allé courir. Mademoiselle Colombine est dans la loge.

il y a quelque chose de nouveau. Il faut que je lui demande ce que c'est. (*Il passe sa tête dans le carreau qui reste ouvert.*) Dites, mademoiselle Colombine.

C O L O M B I N E, *lui donne un souflet.*

Tiens, voilà pour ta curiosité.

G I L L E S.

Eh bien! puisque vous me traitez si rudement, je vais exécuter ponctuellement les ordres de M. Cassandre, et me mettre en faction. Voilà justement le batte d'Arlequin. (*Il se promène, et la plaçant gauchement sur son épaule.*) Je dois avoir comme cela. . . .

C O L O M B I N E.

L'air d'un sot, d'un maladroit.

G I L L E S.

Oui dà. Qu'Arlequin vienne, je lui ferai voir.
(*Arlequin arrive et lui enlève sa batte.*)

S C È N E X I.

Les mêmes, A R L E Q U I N, *avec une corbeille*

de pâtisserie.

A R L E Q U I N.

Q u e fais-tu donc là?

G I L L E S.

C'est le papa Cassandre qui m'a mis en sentinelle.

A R L E Q U I N.

Tu peux cesser ta faction. . . . ou bien. . . .

G I L L E S, *aperçoit les gâteaux.*

Qu'apportes-tu donc là? mon bon ami.

ARLEQUIN, *en colère.*

Réponds-moi, d'abord; que faisais-tu là? (*Il va vers la loge qu'il trouve fermée.*) Colombine enfermée! Ah! traître! serait-ce toi? Parle.

COLOMBINE.

Mon bon ami, je vais te mettre au fait.

ARLEQUIN.

Je gage que ton père est rentré.

COLOMBINE.

Oui, mon bon ami.

ARLEQUIN.

Il t'a trouvée dans ma loge et t'a enfermée.

GILLES.

Comme tu devines!

ARLEQUIN.

Si je savais que tu en fusse cause.... je....

COLOMBINE.

Mon bon ami, Gilles était absent.

ARLEQUIN.

Ma chère Colombine, c'est moi qui te cause tout ce chagrin.

COLOMBINE.

Ecoute, Arlequin.

ARLEQUIN.

Plaît-il? ma bonne amie.

COLOMBINE, *bas.*

Eloigne Gilles, à quelque prix que ce soit.

ARLEQUIN, *à Gilles.*

Mon bon ami, au lieu de m'emporter contre toi avec tant de violence, j'aurais dû ne m'en prendre

B

qu'à moi seul; ainsi je te prie d'agréer les excuses d'un étourdi.

C O L O M B I N E.

Bien.

G I L L E S, à *Arlequin.*

Tu me flattes : je gage que tu as besoin de moi.

A R L E Q U I N.

Et quand cela serait, me refuserais-tu le plus signalé service ? Ecoute. Si tu veux quitter le poste où t'avait placé M. Cassandre, et épier son retour, je te donnerai....

G I L L E S, *regardant les biscuits.*

Que me donneras-tu ?

A R L E Q U I N, *déclamant.*

Si tu sers mes projets avec intelligence,
Deux superbes biscuits seront ta récompense.

G I L L E S.

Je veux faire des réflexions. (*à part.*) Elles sont toutes faites : et sous prétexte d'épier M. Cassandre, je cours l'avertir....

C O L O M B I N E, à *Gilles.*

Eh bien! es-tu bientôt décidé?

G I L L E S.

Oui, oui. Mais écoute, Arlequin.

Air *du Jokey,*

Le service que je te rends
N'est pas l'effet de ta promesse :
A t'être utile je consens,
  (*Avec ironie.*)
Et ton bonheur seul m'intéresse ;

Mais je désire, mon ami,
Être récompensé d'avance ;
Car je crains trop, que par oubli,
Tu ne manges ma récompense.

ARLEQUIN.

Toujours gourmand.

GILLES.

Air : *Mon père était pot.*

On dit que de plus d'un amant
L'appétit se dérange ;
Moi, j'agis tout différemment,
Comme quatre je mange.
En se nourrissant
D'amour seulement
On périt de foiblesse :
Crainte d'accident
Je mange souvent
Pour nourrir ma tendresse.

ARLEQUIN.

Tiens voilà les deux plus beaux ; surtout beaucoup de
vigilance.

GILLES.

Ne t'inquiète pas ; je vais travailler comme pour moi.

SCÈNE XII.

ARLEQUIN, COLOMBINE.

ARLEQUIN.

MA bonne amie, nous voila débarrassés de Gilles.
je sers, et nous déjeûnerons ensemble.

B 2

ARLEQUIN,
COLOMBINE.

Je tremble que mon père ne revienne,

ARLEQUIN.

Et quand il reviendrait ; nous ne faisons de mal à personne. (*Il prend un gros biscuit.*)

COLOMBINE.

Quel appétit !

ARLEQUIN.

J'ai lu dans un gros livre qu'il faut toujours bien faire ce qu'on fait.

COLOMBINE.

Je ne puis partager ta gaîté. On voit bien que tu ignores les malheurs qui nous menacent.

ARLEQUIN.

Parle donc ! ma bonne amie; tu me fais trembler.

COLOMBINE.

Tout me porte à croire que mon père est disposé à m'unir à Gilles, et peut-être demain.

ARLEQUIN.

Gilles, t'épouser ! .... Cela ne sera pas vrai, monsieur Gilles ; je vous tuerai.

COLOMBINE.

Si je n'épouse mon cher Arlequin, j'en mourrai de douleur.

ARLEQUIN.

Garde - t'en bien !

Air : *Lorsque vous verrez un amant.*

Ne pouvoir vivre sans aimer
Sans doute ce prodige est rare ;

PORTIER.

Tu veux mourir, ou m'épouser,
L'alternative est trop bizarre.
Je blâme toujours un amant,
Quand au désespoir il se livre.

Car vois - tu ?

Sans aimer on vit aisément ;
Mais on ne peut aimer sans vivre.

COLOMBINE.

Tu babilles , tu chantes ; tu devrais bien plutôt t'occuper de trouver le moyen de prévenir le malheur qui nous menace.

ARLEQUIN.

Ma bonne amie, ce qui contribue à me rassurer, c'est que le notaire de ton père est un de mes anciens amis. J'ai eu autrefois, dans le temps que j'étais riche , le bonheur de lui être utile ; il m'a promis de faire tout pour me servir.

COLOMBINE.

Tu as peut-être tort de compter sur sa reconnaissance.

Air : *J'aime mon Hyppolite.*

Quand la fortune nous sourit
Nous avons plus d'une ressource ;
Chacun voyant notre crédit,
Nous ouvre son cœur et sa bourse ;
Mais s'il nous arrive jamais
Que la prospérité varie,
Celui qui reçut nos bienfaits
Est le premier qui nous oublie.

ARLEQUIN.

Je suis bien sûr que l'homme dont je te parle, n'est pas dans ce cas-là.

ARLEQUIN,

COLOMBINE.

Arlequin !... on frappe.... C'est sans doute mon père....

ARLEQUIN.

Rassure-toi, je vais à sa rencontre.... Ce coquin de Gilles ne nous a pas avertis.

SCÈNE XIII.

Les mêmes, CASSANDRE, un Notaire.

ARLEQUIN, *faisant ses efforts pour que M. Cassandre n'aperçoive pas la croisée ouverte.*

AH ! c'est vous, M. Cassandre ; avez-vous fait de bonnes affaires ?

CASSANDRE.

Excellentes ; et je vais en faire de meilleures.

ARLEQUIN.

Comment cela ?

CASSANDRE.

D'abord je te chasse ; ensuite M. le Notaire vient pour terminer le mariage de Gilles avec Colombine.

ARLEQUIN, *à part.*

Ciel ! (*Haut.*) M. est notaire ?

LE NOTAIRE.

A vous servir.

ARLEQUIN.

Je ne demanderais pas mieux. Savez-vous que c'est un bel état que celui de notaire ; et croiriez-vous que j'ai manqué de l'être ?

LE NOTAIRE.

Quel motif a donc pu vous en empêcher ?

ARLEQUIN.

Le voici :

Air : *Cet arbre apporté de Provence.*

Pour une charge de notaire
Il fallait des charges d'argent ;
Mais je manquais de numéraire,
Et c'était manquer de talens :
J'eus beau supplier et beau faire,
Je n'eus ni charge ni crédit ;
On me jugea dans la misère
Par les pièces de mon habit.

CASSANDRE.

Allons, tais-toi ; et vous, M. le Notaire, occupons-nous de nos affaires. (*Il voit la croisée ouverte.*) Petite désobéissante ! c'était bien la peine de vous enfermer ; vous ouvrez un instant après la fenêtre pour parler à votre amant.... Et toi, vaurien, nous diras-tu la raison ?

ARLEQUIN, *hésitant.*

Air *de la Croisée.*

L'air que l'on respire ici bas,
A l'existence est nécessaire,
Le défaut d'air mène au trépas ;
Sans air notre santé s'altère.
Je ne voulais pas à ce sort
Voir ma Colombine exposée.

CASSANDRE.

Eh bien !

A R L E Q U I N.

Prudemment , j'ai donné d'abord
De l'air par la croisée.

L E   N O T A I R E.

Allons, papa Cassandre, prenez en considération ce
que je vous ai dit. Arlequin est un garçon d'esprit ; faites
quelque chose pour lui.

C A S S A N D R E.

Quand je le voudrais, comment faire pour me dégager ?
J'ai promis à Gilles.....

S C È N E   X I V, et dernière.

Les précédens, G I L L E S.

G I L L E S.

Ou étiez-vous donc logé , beau père; il y a deux heures
que je vous cherche sans pouvoir vous rencontrer ?

C A S S A N D R E.

C'est que tu m'as cherché où je n'étais pas.

L E   N O T A I R E.

Puisque Monsieur est arrivé, nous pouvons procéder....

G I L L E S.

Un moment, s'il vous plaît, papa Cassandre. Suis-je
votre associé ?

C A S S A N D R E.

Il n'y a pas de doute.

G I L L E S.

M'avez-vous promis votre fille ?

C A S S A N D R E.

Sans contredit.

GILLES.

Eh bien! avant de rien terminer, j'exige que vous renvoyiez Arlequin; je ne finirai rien tant qu'il sera ici. C'est que l'honneur des Gilles...., Allons, Arlequin, fais ton paquet et pars.

COLOMBINE.

Le sot!... Mon père, vous voulez donc le malheur de ma vie?

LE NOTAIRE.

Quoi! vous renvoyez ce jeune homme qui vous a rendu tant de services, sans lui donner la moindre récompense?

GILLES.

Oh! je ne m'oppose pas à ce qu'on lui donne une gratification.

ARLEQUIN, *à part.*

Il me vient une idée. (*Au notaire.*) Secondez-moi. (*A Cassandre.*) Je ne vous demande que ce que contient ma loge. Ce petit mobilier me rappelera toujours quelqu'un dont j'eusse fait ma félicité d'être le serviteur. (*Il regarde Colombine.*)

CASSANDRE.

Il est joli, ton petit mobilier; mais c'est égal; j'y consens.

GILLES.

J'y consens aussi comme associé.

ARLEQUIN.

(*Il prend l'écritoire de la loge, écrit et présente le papier à Cassandre.*)

CASSANDRE.

Qu'est-ce que cela?

ARLEQUIN.

Lisez.

COLOMBINE.

Où veut-il en venir ?

CASSANDRE, *lit.*

Je donne

Air : *La boulangère.*

Pour récompense d'Arlequin,
Ce que contient sa loge,
Déclarant que dès ce matin
Il peut vuider sa loge, Arlequin.

(*Cassandre signe.*)

Il peut vuider sa loge.

ARLEQUIN, *à Gilles-*

Monsieur signera-t-il, comme associé ? . . . .

GILLES.

Ah ! de grand cœur. (*A part.*) Je voudrais déjà le voir à deux cents lieues d'ici.

ARLEQUIN.

Ah ! je le tiens ! ma Colombine est à moi.

CASSANDRE.

Que dis-tu ? Tu deviens fou.

ARLEQUIN.

Pas du tout : vous avez signé. Tout ce que contient ma loge m'appartient ; Colombine s'y trouve. Tenez, je m'en rapporte au notaire.

LE NOTAIRE, *à Cassandre.*

Vous avez signé.

GILLES.

Mais, permettez. . .

LE NOTAIRE, *à Gilles.*

Vous avez signé.

ARLEQUIN, *à Gilles.*

Et je te ferai, si tu hésites à me céder Colombine, un bon procès.

LE NOTAIRE, *à Gilles et Cassandre.*

Que vous perdrez peut-être et qui pourrait vous ruiner.

GILLES.

C'est une trahison ; il a surpris nos signatures.

ARLEQUIN, *d'un air soumis.*

Ecoutez, papa Cassandre, j'ai votre signature; mais je ne veux pas en abuser.

Air : *Pauvre Jacques.*

Vous n'aurez pas à vous plaindre de moi,
Daignez excuser ma folie ;
Je veux devoir tout à la bonne foi,
Et rien à la supercherie.

(*Il lui rend le papier.*)

Tant de bienfaits auraient pu me flatter ;
Mais ces dons ne peuvent suffire
Si vous voulez toujours en excepter
Le seul objet que je désire.

CASSANDRE, *amenant sa fille.*

Même air.

Tu n'auras pas à te plaindre de moi,
Je sais excuser la folie.
Je veux donner tout à la bonne foi,
Et rien à la supercherie.

Jet'accorde Colombine en faveur de ton amour et de ta loyauté.

COLOMBINE.

Ah ! mon père ! Ah mon ami ! quel honheur !

ARLEQUIN,

GILLES, *à Cassandre.*

Après un tour semblable, vous vous imaginez bien que notre société est rompue. (*A part.*) Au reste, je n'en suis pas trop fâché; la petite ne m'aimait pas prodigieuse‑ment, et....

CASSANDRE.

Tais‑toi.... Tu n'es qu'un nigaud....

ARLEQUIN, *à Colombine.*

Air : *Vaudeville de l'emprunt forcé.*

Puisque tu vas être ma femme
N'écoutes plus aucun galant,
Car je le jure sur mon âme,
Je ne serais pas endurant:
Je mettrai mes soins à te plaire;
Mais garde‑moi ton amitié,
Car je veux t'avoir toute entière
En te prenant pour ma moitié.

CASSANDRE.

Arlequin! Arlequin! déjà de la jalousie....

VAUDEVILLE.

Air *de celui d'Angélique ee Melcourt.*

Tu vas couler des jours bien doux,
Puisque je cède à ton envie :
De ma fille deviens l'époux,
Aime toujours ta bonne amie,
L'amour forma votre union,
Des plaisirs rassemblez l'escorte;
Mais pour être heureux, au soupçon
Gardez‑vous d'ouvrir la porte.

LE NOTAIRE.

Sur l'homme en place un intrigant
Vante souvent son influence ;
Il ne vise qu'à votre argent,
Ne croyez pas à sa puissance ;
Car chaque jour on voit ici
Plus d'un protecteur de la sorte ;
Du ministre il se dit l'ami,
Et n'arrive qu'à sa porte.

GILLES.

Si Gilles n'étoit pas trompé
Ce seroit, je crois, un prodige,
Par Arlequin toujours dupé,
Gilles jamais ne se corrige ;
Mais je me console en disant :
Je suis disgracié : qu'importe,
Des Gilles c'est le sort constant,
On les met tous à la porte.

ARLEQUIN.

Carlin, ce comédien parfait,
D'Arlequin prenant la figure,
Dans ses cannevas présentait
Le peintre heureux de la nature ;
Admis dans le temple du goût,
Des Grâces fêtant la cohorte ;
Près de Momus il est debout,
Moi je ne suis qu'à la porte.

COLOMBINE, *au public,*

Ce jour heureux, à mon amant,
Vient de m'engager pour la vie ;

Je dois avoir un sort riant
Avec l'enfant de la folie ;
Mais pour qu'il garde la gaîté
Qui dans ce moment le transporte,
Par indulgence et par bonté
Ne fermez pas notre porte.

FIN.

www.ingramcontent.com/pod-product-compliance
Lightning Source LLC
Chambersburg PA
CBHW061613180626
46818CB00005B/2051